transformando garotas em monstros

amanda lovelace

transformando garotas em monstros

Tradução: Marília Garcia

Planeta

Copyright © Amanda Lovelace, 2019
Copyright © Editora Planeta do Brasil, 2020
Todos os direitos reservados.
Título original: *To Make Monsters Out of Girls*

Preparação: Luiza Del Monaco
Revisão: Fernanda Cosenza e Thais Rimkus
Diagramação: Vivian Oliveira
Capa: Adaptada do projeto original de Julie Barnes
Ilustração de capa e miolo: Munise Sertel

Dados Internacionais de Catalogação na Publicação (CIP)
Angélica Ilacqua CRB-8/7057

> Lovelace, Amanda
>   Transformando garotas em monstros / Amanda Lovelace; ilustrações de Munise Sertel, tradução de Marília Garcia. – São Paulo: Planeta, 2020.
>   168 p.
>
>   ISBN 978-65-5535-133-0
>   Título original: To Make Monsters Out of Girls
>
>   1. Poesia norte-americana 2. Mulheres - Poesia I. Título II. Sertel, Munise III. Garcia, Marília
>
> 20-2484   CDD 811

Índices para catálogo sistemático:
1. Poesia norte-americana

Ao escolher este livro, você está apoiando o manejo responsável das florestas do mundo

2023
Todos os direitos desta edição reservados à
Editora Planeta do Brasil Ltda.
Rua Bela Cintra, 986, 4º andar – Consolação
São Paulo – SP – 01415-002
www.planetadelivros.com.br
faleconosco@editoraplaneta.com.br

conheça também de amanda lovelace

da série

AS MULHERES TÊM UMA ESPÉCIE DE MAGIA

a princesa salva a si mesma neste livro (#1)
a bruxa não vai para a fogueira neste livro (#2)
a voz da sereia volta neste livro (#3)

nota da autora

este livro teve uma versão inicial para wattpad que saiu com o título *a poesia não vai torná-lo imortal*. o livro que você tem em mãos agora, *transformando garotas em monstros*, traz a mesma história do outro, mas editada, aumentada, ilustrada e com um título bem mais adequado. obrigada, queridos leitores, pelo estímulo para que eu dê o meu melhor pela minha poesia.

laçada pelo amor,
amanda

este livro é dedicado
àquela menina que
recuou um pouco
e me deixou
crescer.

alerta de gatilhos:

abuso cometido por parceiro,
distúrbios alimentares,
automutilação,
mentiras,
álcool,
religião,
morte,
briga,
fogo,
sangue derramado
& provavelmente
outras coisas mais.

lembre-se:
tenha cuidado antes,
durante & depois
da leitura.

sumário

menino-monstro 21
menina-monstro 53
coração-solar 101

esse é o
céu ensolarado.

esses são os
melros cantando.

esses são os
bancos da igreja vazios.

esse é o
piano quebrado.

esse é o
som abafado do coro.

essas são as
rosas murchas.

esse é meu
pretinho básico.

esse é meu
rosto com lágrimas secas.

esse é meu
sorriso com batom vermelho.

essa é sua
elegia silenciosa.

esse é seu caixão
embrulhado com palavras.

&
é assim...

assim que vou, enfim,
enterrar você.

– é tarde demais para se arrepender,
queridinho.

sim, eu já sei no que você está pensando, mas os poemas que vai encontrar neste livro não vão torná--lo imortal. com eles, aliás, poderei considerá-lo morto – seus restos serão removidos de dentro de mim, assim como quando raspamos o restinho de mel do fundo do pote. todo mundo vai descobrir o que você fez comigo durante esses anos, mas ninguém vai conseguir limpar o gosto amargo que seu nome deixou na minha boca... não é mesmo, ▮▮▮▮▮?

– *essa é a sua sepultura, sem nome algum.*

menino monstro

já me convenci
de que sou do tipo
que fica
arrebatada
mil
vezes
em um dia
qualquer...

        com sorrisos,
        com palavras,
        com músicas,
        com cheiros,
        com flores,
        com cristais,
        com gotas de chuva,
        com xícaras de café

& até mesmo
com coisas que machucam.

– *meu pior defeito.*

fiquei
apaixonadinha,

assistindo a
vivendo na eternidade

no
repeat

& nunca consegui
entender "por que"...

por que por que por que
por que por que por que

foi que a winnie se recusou
a beber água

da fonte
da vida eterna

que
lhe permitiria

viver
mil e uma aventuras

ao lado do
seu amado jesse?

ficariam
só

os dois
contra o

horripilante
mundo dos mortais

até o
dia em que

a terra
pegaria fogo.

                          & será que valeria a pena
                          viver

                          por alguma outra
                          coisa

                          além
                          do seu

                          verdadeiro
                          amor?

– *& agora eu responderia a ela, "por todas as coisas".*

antes de conhecer você, meu querido menino-
-monstro, eu estava com aquele menino tímido de
olhos verdes. se por acaso você tiver esquecido, ele
era aquele que vivia num frenético vaivém, ficando
comigo e com a menina de vestido amarelo-limão.
ele passava com tanta velocidade de uma para a
outra que eu até esquecia que ele estava comigo
na maior parte do tempo. bom, tenho certeza de
que você lembrará. era aquele que todas as noites
abria o meu armário – com cuidado para não fazer
barulho – e escondia a mochila cheia de segredos,
levando ao pé da letra aquele ditado que diz: "o
que os olhos não veem, o coração não sente".

– *já você nunca se preocupou em não me deixar ver
as suas mentiras.*

aquele menino
de olhos verdes

pode ter me abandonado
à beira da morte

quando
foi embora

de mãos dadas
com ela,

mas pouco
tempo depois

você
chegou

&
me ofereceu

a mão
transbor
      d
        a
          n
           d
            o
vida.

– *será que alguma vez eu já tive escolha?*

ele
me disse
que eu era uma
obrigação

tipo
comprar comida
quando o
estômago está vazio,

mas você
me disse
que eu era tão
vital

quanto
aquele
cigarro
de depois do jantar

que você
nunca
consegue
fumar só um.

– *a diferença entre.*

não sei
se isso faz
algum sentido,
mas
com você
esqueço
como
é
sentir falta
de alguém
que eu nunca
pude
chamar
de
meu.

– *será que você é meu antídoto ou meu*
   veneno?

o menino
que não tem certeza
de nada
tem certeza
de
mim.

– *pernas bambas.*

(quando uma garota muito, muito triste, com o coração dilacerado, fica diante de um garoto lindo que só gosta de dilacerar corações, será que existe outra maneira de tudo acabar sem ser com sangue derramado?)

– *essa história pode ser muito batida, mas é a nossa história.*

você é
aquele

que
canta

em
línguas

faladas
nos pesadelos sem estrelas.

– *nós nunca moramos no mesmo céu.*

eu
sou aquela

que
se acalma

nas
ondas

das cantigas de ninar
cheias de nuvens brilhantes.

– *nós nunca moramos no mesmo céu II.*

estamos tão envolvidos um com o outro que começamos a pular as refeições. não conseguimos dormir mais do que algumas horas. esquecemos as coisas que causam dor nos piores dias. temos tanto medo de que tudo se esvaia entre nossos dedos, como uma névoa de fumaça que quase não se vê, que decidimos fazer uma espécie de jogo.

"quer fazer um jogo?", você pergunta.

antes que eu possa responder, você explica as regras: "vamos fazer um pacto de sangue, uma pergunta de cada vez, e não vale passar. eu lamberei as suas feridas & você fará o mesmo por mim. aqui e agora".

"quem começa?", perguntei, sem hesitar.

– *a verdade sem o desafio.*

se você começa a contar os pontos,
será que ainda pode chamar de
amor?

– *atenta aos sinais.*

me apaixonar
por você

foi como
aquele momento

                importante
                em que
                o coração para,
                ficamos sem ar
                e sem pensar,

exatamente
antes

de uma colisão
fatal.

– *prepare-se para o impacto.*

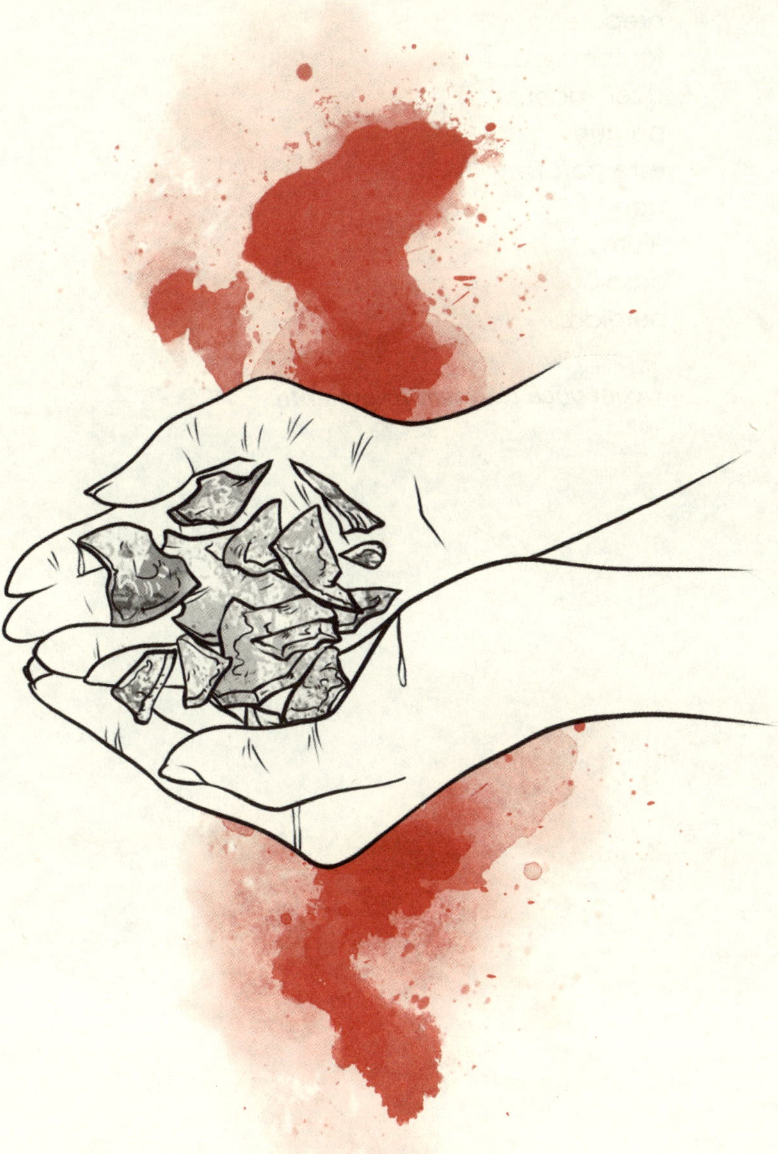

prepare-se
também para
dizer "adeus",
porque
esta garota
aqui
é um
caso
perdido.

– *com você não tem fingimento.*

"preciso lhe dizer... essa sua voz sonolenta talvez me leve para o meu túmulo."

– *esse menino vai ser o meu fim.*

você tinha alguns
anos a mais
&
eu queria
arrastar
meus dentes
pela
superfície
de cada um
deles.

– *chapeuzinho vermelho & o lobo mau.*

você tinha alguns
anos a mais
&
eu era
muito novinha
para perceber que
era você
quem
deveria ter
mais experiência.

– *chapeuzinho vermelho & o lobo mau II.*

meu menino...

        não cintila.

meu menino...

        não ofusca.

meu menino...

        não brilha.

quando ele

        me beija,

sinto no beijo

        todas as noites

em que

        não tentou fugir.

– *meu menino-monstro.*

ele saiu
de dentro
de uma
história de
ninar,

mas

ainda preciso
decidir
se ele é
o cavalheiro
que veio
me buscar

ou

o monstro
esfomeado
pronto para
me devorar
& me deixar
gritando
no escuro.

– *acho que não quero nenhuma das duas*
   opções.

ficamos deitados em um silêncio confortável por muitas vidas & reencarnações até você acabar por destruí-lo. "isso aqui é tão especial", você disse, enrolando no dedo uma mecha do meu cabelo, "você tinha todos os motivos para trancar a porta a sete chaves, mas ainda achou um espacinho nesse coração cheio de esperança para deixar a porta entreaberta e encarar o ar frio, tudo por minha causa".

& eu pensei: *cheio de esperança? ou de ingenuidade?*

– *o convite.*

deito
a cabeça
no seu
peito
& a música
que vem de dentro
soa
como
a
trilha sonora
da minha
salvação.

– *nunca tive um ouvido bom para música.*

ele me disse várias e várias vezes que eu era o mel que adoçava seu chá... que eu era a única coisa capaz de adoçar como ele gosta. durante nosso caminho, ele se esqueceu de contar sobre as nuvens de insetos que chegariam para cobrir todas as coisas que fizemos juntos. o desperdício dos desejos disparatados.

– *infestação*.

com o raiar do dia,
o monstro dela
diz que
gosta
dela,

                não de mim.

quando cai a noite,
meu mostro
me diz
que gosta
de mim,

                não dela.

tenho problemas
em acreditar
que o monstro
goste de qualquer
uma de

                nós.

– *meu deus, será que um dia vou aprender?*

ainda não consigo
decidir
se demos um jeito de
nos encontrar
sempre nos
momentos
errados
ou se apenas
não
deveríamos
ter nos encontrado
nunca.

– *para alguém que não acredita em destino, eu de fato escrevo demais sobre o assunto.*

o
único modo
de eu me
lembrar
do que
aconteceu
é
me sentar
&
rezar
para o
papel
&
torcer
para a caneta
ser devota.

– para compensar o fato de eu não o ser.

até lúcifer já vestiu um par de asas bem nas omoplatas... mas lembre-se, querido: foi por pouco tempo. logo ele deixou que as tiras escorregassem & todos descobriram que ele nunca tinha sido quem sempre fingiu ser.

– *me faça de boba uma, duas, três vezes.*

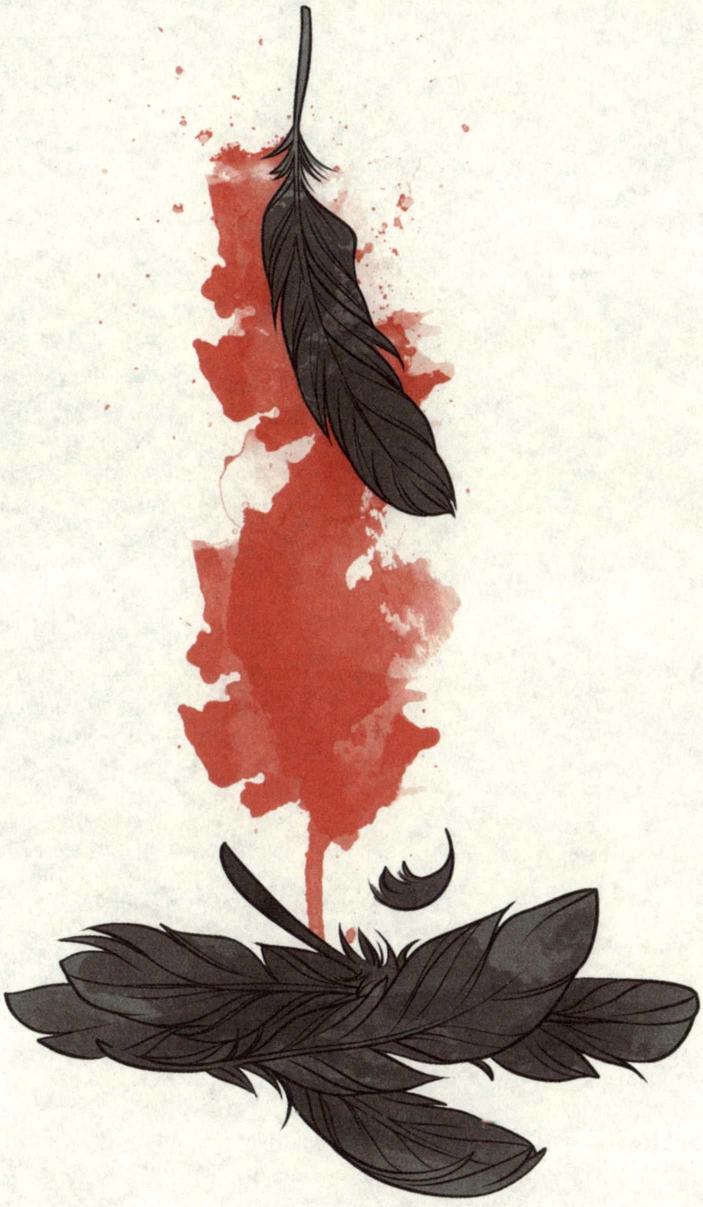

menina monstro

"você acha que ela sabe de nós dois?", pergunto.

"*nós dois...* como eu amo ouvir o som dessas palavras."

– *você sempre adorou sentir o gosto das próprias mentiras.*

esse amor deixou manchas de sangue
nos meus lençóis que um dia foram
brancos.

– provado por A mais B.

estou tão arrependido.
estou tão arrependido.
estou tão arrependido.
estou tão arrependido.
estou tão arrependido.
estou tão arrependido.
estou tão arrependido.
estou tão arrependido.
estou tão arrependido.
estou tão arrependido.
estou tão arrependido.
estou tão arrependido.
estou tão arrependido.
estou tão arrependido.
estou tão arrependido.
estou tão arrependido.
estou tão arrependido.
estou tão arrependido.
estou tão arrependido.
estou tão arrependido.
estou tão arrependido.
estou tão arrependido.
estou tão arrependido.
estou tão arrependido.
estou tão arrependido.
estou tão arrependido.
estou tão arrependido.

estou tão arrependido.
estou tão arrependido.
estou tão arrependido.
estou tão arrependido.
estou tão arrependido.
estou tão arrependido.
estou tão arrependido.
estou tão arrependido.
estou tão arrependido.
estou tão arrependido.
estou tão arrependido.
estou tão arrependido.
estou tão arrependido.
estou tão arrependido.
estou tão arrependido.
estou tão arrependido.
estou tão arrependido.
estou tão arrependido.
estou tão arrependido.
estou tão arrependido.
estou tão arrependido.
estou tão arrependido.
estou tão arrependido.
estou tão arrependido.
estou tão arrependido.
estou tão arrependido.
estou tão arrependido.

– ela ainda merecia ouvir isso.

talvez
eu não soubesse,

antes de você
chegar,

o que era
o amor verdadeiro,

mas sabia,
com toda certeza,

que eu não deveria
me sentir

como se
acordasse

engasgada com
p e d a ç o s

de dente
quebrado.

– *não é?*

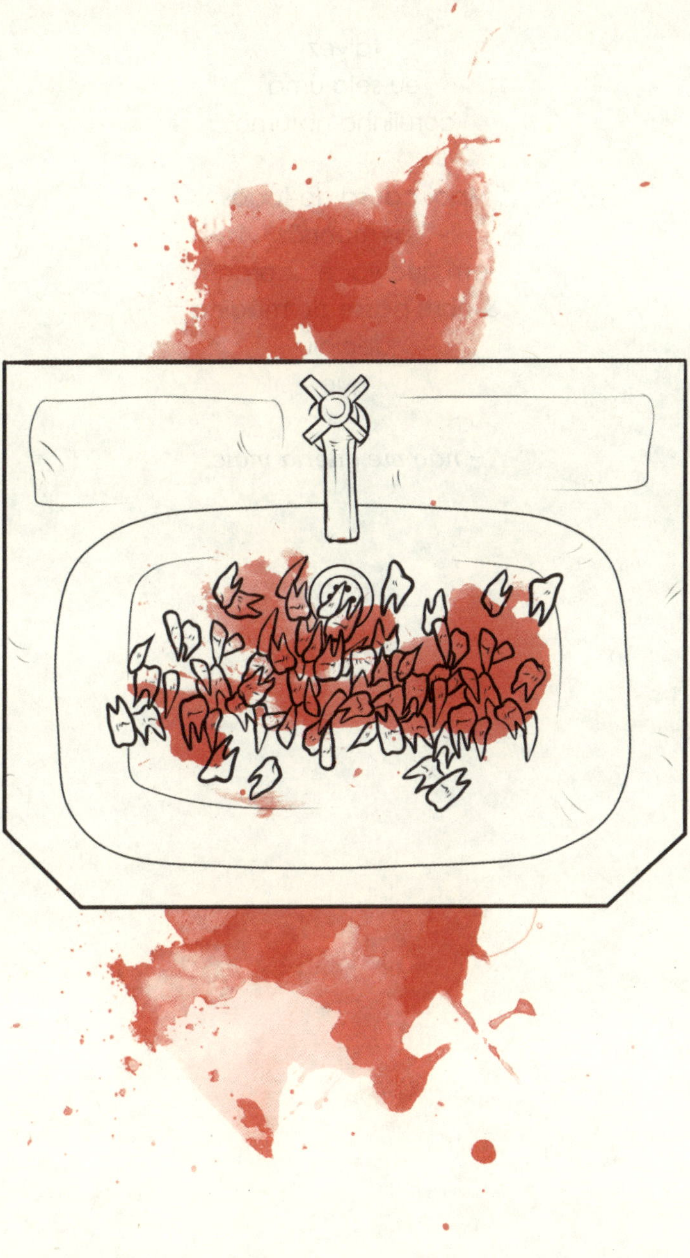

talvez
eu seja uma
corujinha noturna

por causa de todas
as manhãs
em que você acordou
& num passe de mágica
decidiu
que

– não me queria mais.

nos dias em que
você decidiu

que ainda estava
comigo,

velhas árvores
se inclinavam ao meu afago;

fogos-fátuos
se espalhavam ao meu redor;

borboletas
faziam ninhos em meus cabelos;

estrelas cadentes
se enredavam em meus cílios;

néctar escorria
da ponta dos meus dedos;

& até os oceanos
temiam as multidões dentro de mim.

– *lua feita de mel.*

pegue
os poemas

que eu já
escrevi

sobre
você

& repare
que todos eles

trazem a
mesma

mensagem
embutida

escrita
de mil

formas
diferentes:

eu nunca
deveria

ter
desejado você

~~do modo como~~
~~desejei,~~

mas
eu desejei.

– *morta de fome.*

a frase

        "não era minha intenção"

logo virou

        "nunca foi a minha intenção".

– *começa nos momentos de maior ternura.*

as
desculpas
eram
tão frequentes
que ficou
exaustivo
para
nós dois
&
uma hora
você
parou de se preocupar
em ter de inventar
desculpas.

– *peixe morto.*

na possibilidade remota de alguém me pedir para descrever você sem de fato descrever, poderia dizer que você foi a soma dos hematomas e das dentadas que trago espalhadas pelo corpo, mas não lembro como foram parar ali.

– ele não era só assustador, era um caçador.

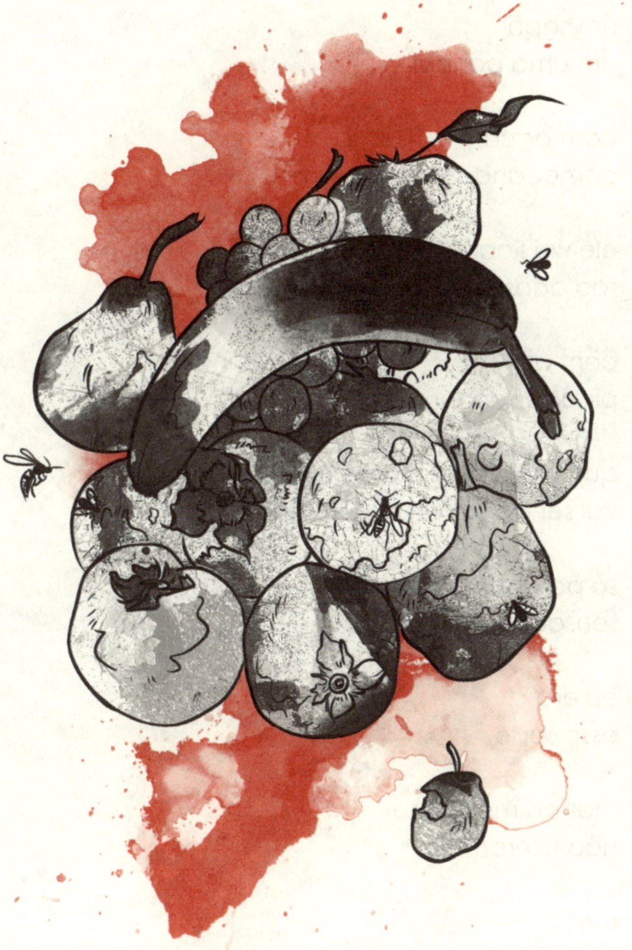

dizem que,
se você colocar

um sapo
em uma panela

com água
começando a ferver,

ele vai ficar
tão acostumado

com as
picadas da fervura

que em algum momento
vai ser capaz de dar a vida

só para sentir aquela
sensação mais um pouco.

eu era
esse sapo,

mas no meu caso
não tiveram de

me
convencer

a entrar
na panela.

eu estava tão
desesperada

em busca de um
lugar quentinho

para me
aconchegar

que mergulhei
dentro

daquela panela
sem nem precisar

que você
me convencesse.

– o ciclo.

ele me diz: "querida, se te amar é um pecado, então é bom o fato de deus perdoar pecadores como eu".

– *não serei absolvida.*

não sei qual é
a diferença
entre
você
&
o fim
do
inverno.

*– pelo menos o inverno abre caminho para a
chegada da primavera.*

"por que você não termina com ele?",
me perguntaram.

– *eis a questão.*

"por que você não termina com ele?",
eu me perguntei.

– *eis a questão II.*

não consigo decidir quem me assusta mais: você ou a pessoa que me tornei depois de te conhecer. sabe aquela menininha acostumada a acordar com o primeiro raio de sol porque enxergava cada dia como uma nova aventura esperando por ela? aquela menininha que gostava de perseguir fadas invisíveis pelo jardim com o pé sujo de grama? aquela menininha que via mágica em coisas banais como uma colher de chá entortada e um relógio quebrado?

ela se foi há muito, acho que não vai mais encontrar o caminho de volta.

– *menina-monstro.*

o monstro
se transformou
em outro monstro
porque ele
não conseguia
suportar sozinho
o peso de
ser monstro.

– *& mesmo assim continua se sentindo cada*
  vez mais pesado.

rápido...!

    procure
    todos os espelhos.

rápido...!

    bata com os punhos até rachar
    até criar o desenho de uma teia de
      aranha.

rápido...!

    apague todos
    os rastros do monstro.

se tudo mais der errado,

    vou mastigar os
    estilhaços que sobrarem.

(já engoli

    palavras *muito mais* cortantes
    do que essas.)

eu não consigo mais

    suportar esse bicho
    me encarando de volta.

eu faria

qualquer coisa
para que ele desaparecesse.

– *a menina mais detestável do mundo.*

se você está em busca de uma vítima perfeita, pode tirar seu cavalinho da chuva, pois não vai encontrá-la aqui. eu sou aquele conto de fadas que todo mundo esquece porque a moral da história não transmite pureza ou esperança suficiente. no meu caso, muitas e muitas vezes a chapeuzinho vermelho se transforma em lobo mau depois que ele vai abocanhá-la com seus dentões.

– *eu não a perdoo e você também não deveria.*

cada
palavra-suicida
que salta
dos seus lábios
parece
sem sombra de dúvida
um
sinônimo
de
"adeus".

– você não poderia ao menos tentar disfarçar?

na época
em que terminamos,
fui
a um
total
de cinco funerais.
não contei
para ninguém
que estava
passando por
outros funerais
por sua causa
a cada passo
que dava com
meu
salto alto
vermelho-
-sangue.

– *nunca soube que eu poderia velar um*
  homem vivo.

quando o amor quiser morrer, tudo o que precisa
  fazer
é vir me buscar.

– *dentro do meu peito só existe um caixão.*

você me faz lembrar como as flores nascem com fúria na primavera, como a declaração de sobrevivência mais estrondosa que se pode testemunhar. como se dissessem: "voltei. estou aqui. estou viva. não vou desperdiçar um segundo sequer imaginando como seria estar em qualquer outro lugar". apesar disso, você também me faz lembrar que as flores sempre murcham – obrigatoriamente – bem no lugar onde estão & aos poucos, mas é certo que voltam para a terra. cada minúsculo pedacinho retorna à casa em que passa a maior parte do ano.

– elas sabem que ali é o seu verdadeiro lar.

me conta...
você também está
destruindo essa daí
como
fez comigo
ou será que eu era
especial?

– *brincando de ser a preferida.*

você poderia
me explicar
como
foi que meu
abraço ficou
tão gelado
se
nem
tive
a chance
de estar
entre os seus braços?

não
entendo.

– *nada faz sentido, com ou sem você.*

o que você precisa saber sobre os monstros: quando eles ameaçam desaparecer sem deixar rastros, nunca o fazem de verdade. preste atenção da próxima vez & veja como eles sempre deixam a porta entreaberta depois de saírem, por medo de que você não os convide da próxima vez que estiverem se sentindo inseguros & sozinhos & famintos, desejando alguém que seja mais fiel do que eles.

– *minha porta escancarada.*

ele pode ter ido embora,
mas eu ainda encontro
suas impressões digitais
em cada pedacinho
do meu
corpo.

– *invasão de privacidade.*

ele diz que não me aguenta mais.
dessa vez, está falando sério.

– *história de terror em duas frases.*

a verdade sem o desafio?

cada célula do meu corpo me diz que não seria capaz de mostrar as marcas permanentes que trago em mim se tivesse que fazer uma visita guiada do museu-da-minha-miséria. meu deus, acabei de perceber que agora você seria uma das atrações principais. como diabos eu vou conseguir lidar com isso? é verdade o que você sempre disse: ninguém quer ter uma garota fracassada por natureza.

– *ninguém exceto você.*

eu sou aquele tipo de desiludida-amorosa que não poderia se curar nem se passasse mil anos dormindo em uma caixa de vidro enterrada a sete palmos.

– a história dessa branca de neve você nunca ouviu.

queria
poder dizer

que finalmente
apaguei

todos os pesarosos
"eu te amo"

& os desesperados
"eu preciso de você"

sussurrados pela
linha telefônica cheia de estática.

por mais que tente,
não consigo.

queria apenas
poder me livrar

da virulência das suas palavras
& das suas promessas perigosas,

mas elas são
aquele tipo de memória

feita para
pessoas como eu,
que adoram ficar sentadas

em estacionamentos vazios,

chorando na frente dos outros
debaixo dos postes de luz

para que depois não tenha que
passar antisséptico nas feridas.

– *depois de nós dois.*

meu corpo não queria saber como seria sobreviver sem você. durante um ano, observei aquela menina desaparecendo do cantinho do teto do meu quarto, de onde já não conseguia me ouvir gritar que ela tinha de parar de se privar das coisas de que mais precisava. parar com os números, parar de contar. mesmo naquele momento, eu sabia como aquilo tudo era negativo, mas comecei a me sentir bem quando todas as minhas partes que ainda estavam apaixonadas por você começaram a escorrer feito néctar dos meus ossos.

– *dar a volta por cima.*

não há
conforto algum

em me
expor

nas
páginas

que uma vez
me ajudaram

a seguir
adiante.

– *você levou de mim coisas que eu não sabia*
  que você poderia levar.

como
você pode
esperar que eu
seja sua
amiga

se
estou
com a boca
coberta
de feridas

que brotaram
do esforço
para não
dizer as
três palavrinhas

que você
nunca mais
vai querer
ouvir de mim
outra vez?

– *"eu te amo"/"eu te odeio".*

eu sou o engano pelo qual ele pede desculpas
por continuar

cometendo.
cometendo.
cometendo.
cometendo.
cometendo.
cometendo.

– *parece que você também nunca aprende.*

eu posso não ter muita fé em deus (você sabe que nunca tive mesmo, o que sempre o incomodou), mas só de imaginar você por perto já começo a encher os frascos de perfume com água benta.

– *sessão de exorcismo.*

água benta

agora

é tudo ou nada.
pegue tudo o que eu tenho

ou deixe
e vá embora.

as duas
opções

não são
mais válidas.

está vendo,
não é exatamente

natural
para mim

ter que ficar
dividida

                                                em

duas partes.

– *indecisão.*

coração solar

no outono, o monstro invadiu meu peito, maltratou meu coração até ele virar uma coisa morta & o enterrou em uma floresta coberta de folhas. não deixou rastros nem sinal algum que indicasse o lugar onde estava. quando perguntei por que tinha feito isso, ele me disse que não queria mais saber do meu coração & que por enquanto também não queria que mais ninguém o encontrasse.

– *o fim.*

na primavera, começou o degelo. segurando a ferida no meu peito, tropecei por aquele caminho cheio de mato, cavei a sujeira & peguei com as mãos aquela coisa morta. apoiei-me e sussurrei para o meu coração: "por favor, não desista. fique mais um pouco. existe alguém que merece o seu pulsar... eu". em algum lugar no meio daquela escuridão, uma leve faísca de luz se acendeu.

– *o começo.*

rastejo,
levanto
& tropeço
para

fora
do seu
covil
sombrio.

&
com
o pouco
que ainda me resta,

abro
os meus
braços
bem a b e r t o s &

   giro
giro
      giro
   giro

enquanto
o calor do sol
murmura
entre
cada beijo
dado

nas cicatrizes
das minhas costas:

"você merece o melhor."
"você merece o melhor"
"você merece o melhor."
"você merece o melhor."

para
a minha surpresa,
não sinto minhas costas
queimando.

– *eu mereço o melhor.*

quando meus olhos se adaptaram à claridade, eu o vi pela primeira vez. em uma das mãos, trazia uma pá, na outra, um coração salpicado de lama. acenei para ele, dando um sorrisinho cheio de esperança. como resposta, ele sorriu cauteloso. eu queria desesperadamente dizer: *você sabe muito bem que vai conseguir. você vai se recuperar do que quer que tenham feito com você*, mas eu sabia que ele já sabia disso. ele não precisava que eu o tranquilizasse, como eu também não precisava que ele me tranquilizasse. mas como é reconfortante saber que não somos os únicos a achar que o inverno glacial nunca vai passar.

– *o coração-solar.*

"é que o meu coração... bom, não sei se consigo amar de novo agora", avisei a ele.

"dê tempo ao seu coração", ele respondeu, com a voz mais segura que eu já ouvi na vida. "por acaso, o meu também precisa descansar. de todo modo, os dois estão aqui... podemos guardá-los em uma caixa para que elaborem as coisas juntos."

– *fechado para balanço.*

eu nunca quis me apaixonar
por ele, mas, mesmo assim,
só pra variar, me
a
p
a
i
x
o
n
e
i

– desiludida, porém romântica.

o nome dele
ainda está preso
dentro
da minha garganta,
como
se eu tivesse
nascido
tentando
dizê-lo.

*– o tipo de coisa inevitável que não me
assusta.*

o meu novo amor...
tem o dedo verde.

nas coisas em que você
foi negligente comigo,

deixando o mato
crescer,

ele é sempre
protetor.

& você não
tem ideia

do que ele fez
com tanta habilidade.

ele me trocou de vaso,
fazendo com que

eu pudesse crescer
na direção da luz,

superando,
finalmente, *você*.

– *meu novo amor chegou para ficar.*

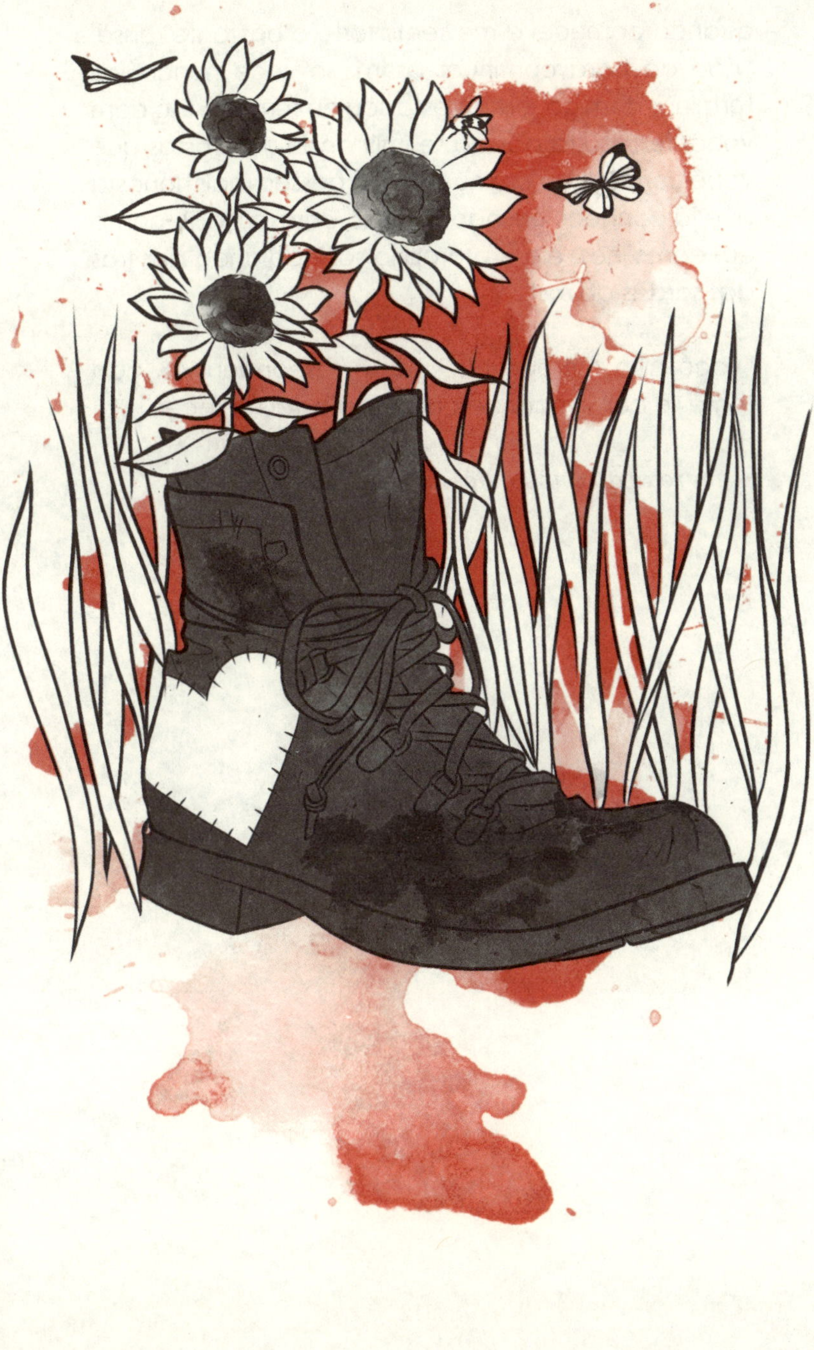

quando comecei a me sentir forte o bastante, disse: "não dá para continuar assim. se você nunca vai terminar comigo, então esta sou eu terminando com você. tem outra pessoa se infiltrando nas frestas que você deixou & eu juro que ele é a pessoa mais honesta que já conheci. ele não é cheio de escuridão como ~~eu, como nós~~. ele é o próprio sol irradiando por trás das sardas do rosto".

"você não merece ele", você respondeu. "& não tente se convencer de que um dia vai merecer."

– *em relação a isso, nós concordamos.*

"essa menina é minha", resmungou o menino-
-monstro.

"é aí que você se engana. essa menina é dos cafés & das livrarias & das árvores... mas, na maior parte do tempo, ela é dela mesma", disse o outro, destemido.

– *obrigada.*

o rei dos jogos,
ele se autodenominava.

– *ao contrário de você, ele nunca tentou
ser o meu rei.*

as pessoas vão
te convencer
de que qualquer um
que você venha a conhecer
estará usando
um disfarce
para esconder
as próprias garras.

– *& essas pessoas estarão erradas.*

&
mesmo assim...

como é que
eu devo acreditar

que ele não está só
se distraindo comigo

enquanto espera
uma garota que não

fique no escuro
passando a mão

no outro lado da cama
para ter certeza

de que o lençol
não está ficando frio?

– *dúvidas de verdade.*

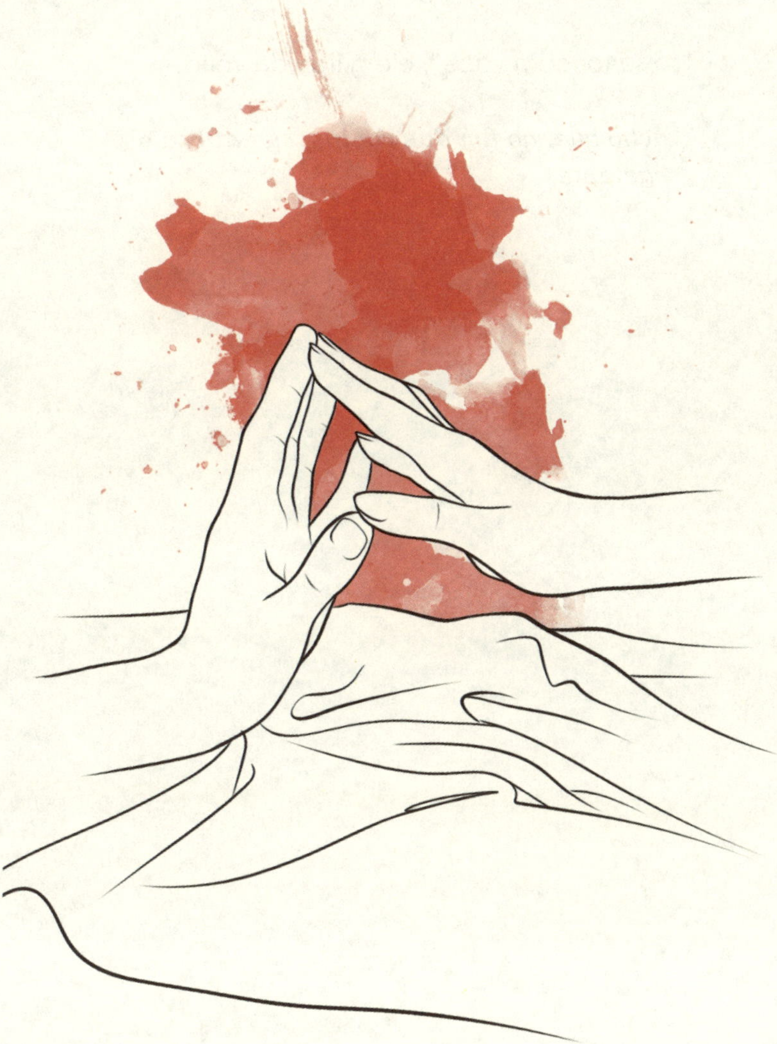

"você vai embora", gritei para ele.

"só se for com você", ele gritou de volta.

– *acho que, no fim das contas, eu era boa o bastante.*

ele
me disse
que nunca
aprendeu a
nadar;
eu
disse a ele
que
tudo bem,
porque
eu aprendi.

– *vou atravessar os sete mares com ele nas costas.*

me flagra na cama
brincando com fósforos

cercada por
cartas

nunca enviadas
ao menino-monstro.

me flagra
              acendendo
                            apagando
              acendendo
                            a p a g a n d o
o fogo

bem ao lado do coração-solar
que estava adormecido,

mas aí ele se senta
para apagar o fogo comigo

& deixa as cartas
intactas,

sem ter que
me perguntar nada.

– *nosso entendimento sem palavras.*

cheguei à conclusão
de que

estou sempre
aprendendo.

agora,
estou aprendendo

a não ver
a imagem

do seu rosto
através do rosto dele

&
está tudo bem.

sei que você está
em algum lugar

fazendo a mesma coisa
que fez comigo, mas por

motivos
muito diferentes.

– *meu medo/seu arrependimento.*

muitas luas depois
do nosso término,
você ainda
veio sorrateiro
até a minha caixa de correio
e deixou
um pacote
de cartas...

        metade
        bilhetes de amor
        metade
        bilhetes de ódio.

quando
encontrou
outra pessoa,
todas as suas cartas
voltaram
para você
com o carimbo
[devolvido ao remetente].

– *encontre um novo parceiro de crime.*

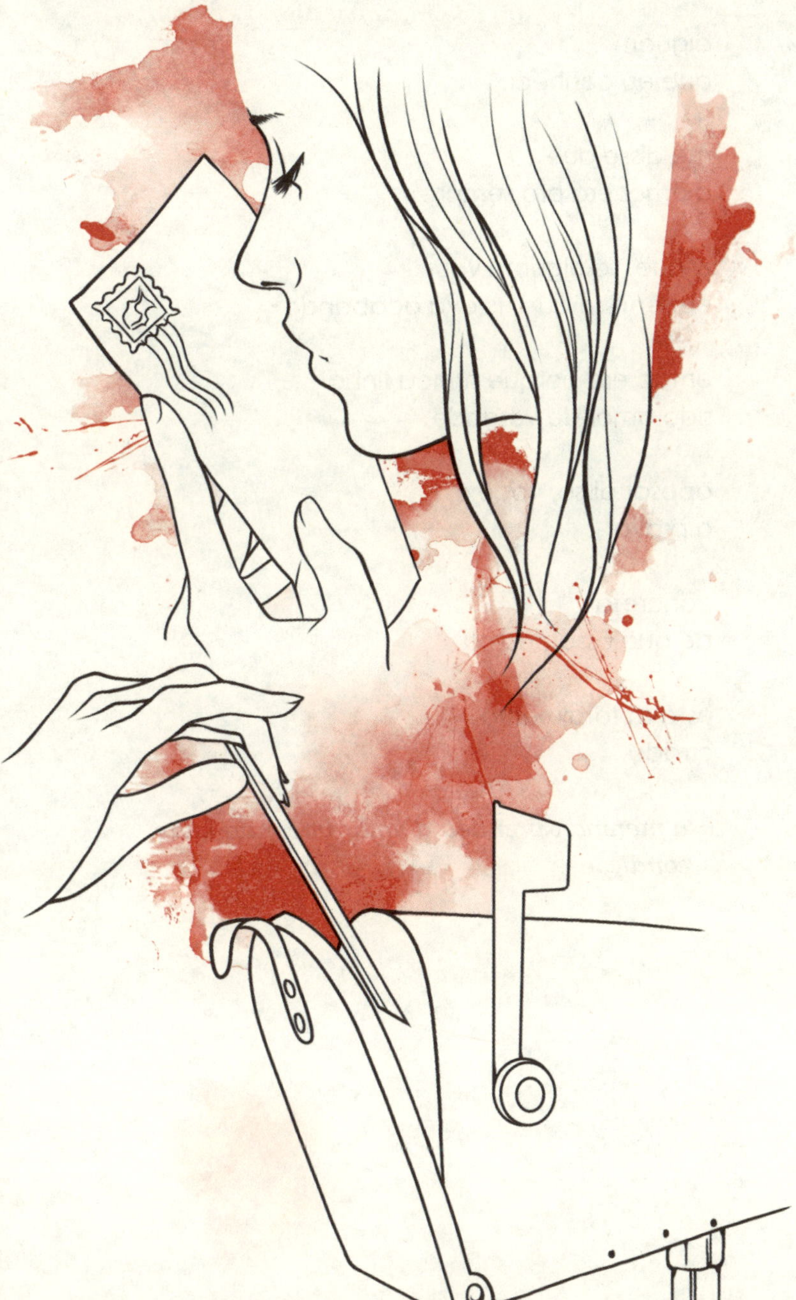

alguém
que eu conheci

me disse que
o amor era pra sempre

& que, se alguma vez
eu sentisse que estava acabando,

então era porque nunca tinha
sido amor de verdade.

apesar disso, você é
a prova

concreta
de que essa pessoa

estava totalmente
errada.

*– a menina aprendeu a amar impondo suas
condições.*

será que
ninguém nunca
te avisou
que não
se deve
enganar
uma pessoa
que lê?

ela
já
viu
de tudo.

– *não perca seu tempo outra vez.*

eu estaria mentindo se dissesse que você não serviu a nenhum propósito maior no livro da minha vida. ao menos um bom capítulo eu posso atribuir a você. depois que me deixou na mão & eu percebi que ainda estava respirando, descobri que aguentaria qualquer coisa que viesse... até mesmo uma tempestade sacudindo todas as portas da casa, soprando as persianas & rachando as árvores da vizinhança. comparada a você, ela não é nada.

– *briga de cachorro grande.*

estou cansada de saber que não deveria mais escrever poemas sobre você. se há algum consolo, eles são mais sobre mim mesma do que sobre você *(em outras palavras: não é você, sou eu.)* o único motivo para eu ainda me permitir escrevê-los é o fato de que agora posso, finalmente, falar sobre todas as coisas boas que desapareceram assim que você partiu para navegar no mar revolto. apesar do seu imenso esforço contrário, o navio encontrou o caminho de volta até mim & eu percebi que existe muito mais coisa na minha vida além de ficar remoendo a memória de um homem que gostaria de me ver afogada em busca da felicidade sem ele.

– a carta que nunca enviei.

você agora está casado, mas não com a primeira. nem comigo. não, você acabou se casando com uma garota totalmente diferente. essa parece ser a moral de uma péssima piada depois de tudo o que você fez a gente passar, depois de tudo o que eu investi.

sim, posso admitir agora. talvez eu fosse muito jovem, mas estava longe de ser inocente quando nosso sonho acabou. você não teve culpa de nada que eu tenha dito ou feito... só eu mesma tive.

logo que soube da sua novidade, esperei pelas lágrimas. achei que fosse chorar tanto que meu pranto alcançaria as estrelas de outras galáxias, de outros universos, de outras dimensões. esperava no mínimo uma sensação de vodca pura rasgando minha garganta. mas nada disso aconteceu. a terra não parou de girar nem um milímetro e não perdeu nem um grão de cor. o sol nunca ficou eclipsado pela lua, sempre tão arrogante.

tento imaginar que volto no tempo para contar a mim mesma mais jovem o que aconteceu nesse momento – quando, enfim, percebi que minha vida poderia seguir em frente sem você e seu caos devastador. fiz um imenso esforço para imaginar a cena, mas sei que eu não acreditaria em nada disso.

apesar de tudo, estou aqui. agora eu sou a mulher que conseguiu tudo o que você disse que ela nunca conseguiria. logo depois que você foi embora, consegui encontrar o amor outra vez &, melhor, consegui me encontrar outra vez. agora eu sou aquela pessoa que pega todos os nossos erros e vende para estranhos.

– *a carta que nunca enviei II.*

como nos filmes, numa tarde nós literalmente trombamos um no outro em uma livraria. não sei qual tipo de livro você gosta de ler – é provável que seja algo na linha de stephen king –, mas todos os que estão empilhados nos seus braços caem e se misturam aos da gillian flynn que estavam nos meus. não sinto os livros caindo. fico tão perplexa ao ver você que nem me abaixo para ajudar a pegar tudo do chão.

"por que não tomamos um café para colocar o papo em dia?", você pergunta. então lá vamos nós. você me conta histórias da sua infância & eu tento sorrir por educação nas horas certas. você evita falar da sua esposa & eu evito falar do meu marido, o que provavelmente é melhor para nós dois. tento falar sobre a minha escrita & você fica ruborizado, então arruma um jeito de mudar de assunto. não, você não quer ouvir falar sobre todos os monstros de hollywood que eu usei para ilustrar você e explicar aos outros o que eu queria dizer.

não tem fogos de artifício nem coraçõezinhos subindo para tornar o clima da nossa mesa mais leve. não tem nada daqueles momentos mágicos de quando se reencontra um amor perdido. aqui, não somos como allie & noah, de *diário de uma paixão*. não. aqui, eu sou allie & você é lon. ou talvez você seja noah & eu, martha. não tenho certeza.

o que existe mesmo é uma espécie de entendimento sem palavras. em outra vida, poderíamos estar de mãos dadas nesta mesa, falando sobre coisas banais, como a lista de compras & sobre quem vai pegar qual filho em qual lugar, mas, na vida que temos agora, somos praticamente dois estranhos confusos tentando não olhar muito profundamente um para o outro, enquanto pinçamos diversas desculpas que vão sendo despejadas pelo espaço apertado de nossos dentes.

nesta vida, você quer me dizer: "desculpe, eu não sabia como acabar com o fingimento".

nesta vida, eu quero lhe dizer: "tudo bem. desculpe por ter deixado você ficar, apesar do fingimento".

    (mas nada disso aconteceu.)

– *a carta que nunca enviei III.*

eu já
não me lembro mais
de como era
amorosa
a sua risada de nicotina
quando
ela
me
atravessava.

– como saber que tudo acabou.

eu já não
sei mais
quem
você
é
agora.
mesmo assim,
durmo
em paz.

– *como saber que tudo acabou II.*

ao
me deixar
ser
levada
por
você,
acabei
cuspindo
na sepultura
de
cada uma das mulheres
que deixaram
sua pele
para eu vestir
antes
de vir parar
dentro
desta pele aqui.

– *elas não mereciam isso.*

– o que ainda resta em mim para você.

se
aprendi
alguma coisa
sobre a

vida
nas minhas aulas
de poesia,
foi que

você foi o
ted hughes
da minha
sylvia plath

& agora ele é
o robert browning
da minha
elizabeth barrett.

– *ele chutou meu coração de volta pra vida.*

o amor não tem de ser trágico para ser bom. a verdade é que prefiro mil vezes me arrepiar sentindo os lábios dele na minha testa às 5h30 da manhã todos os dias pelos próximos oitenta anos a aceitar viver a eternidade ao lado de alguém que não consegue nem mesmo saber onde deixou as promessas da noite anterior.

– que se explodam os contos de fadas.

às vezes,
a pessoa
que eles juram
nunca
se tornar
é a pessoa
que sempre
esteve aqui,
bem na nossa
frente.

– *conversa fiada.*

você não vai conseguir fazer alguém com olhar sonhador ficar parado em um único lugar... nem mesmo se esse lugar tiver seu nome gravado por todo canto.

– *os mapas & os ex.*

não tenha
dúvidas
de que você
vai se reerguer
das
ruínas
deixadas
por pessoas
que
queriam ter
todo o poder
nas
mãos
por motivos
errados.

– *ainda não é o fim.*

não
existe isso de
abuso merecido.

– vou levantar a polêmica, sim.

quem aqui é
alguma coisa
mais do que
um tipo de
plano b
descartável?

– *você, você, você.*

você
não pode

se contentar
com uma única

onda que
sempre volta

quando na verdade
você merece

todos os
oceanos

&
não só

o reflexo
nebuloso deles

no
céu.

– o sol? ela me disse que você merece o melhor.

não
confie
em
ninguém
com uma cruz pendurada
no
pescoço
&
ódio
enterrado
dentro
do
peito.

– *aprenda comigo.*

às vezes,
não terminar
significa
bem mais
do que
qualquer
término.

– *algumas pessoas nunca valeram as suas palavras.*

você tem todo
o direito de se
permitir
cair de
boca
dentro
do
copo,
mas só faça
isso
sabendo
que não existe ninguém
em quem você deva
confiar mais
do que em

        si mesma.

– *a intuição é uma tática de sobrevivência.*

em alguns
casos,

você
será a

pessoa tóxica
da relação...

aí, vai
precisar

voltar atrás,
se desculpar & refletir.

eu sei;
dessa vez, fui eu.

mas,
ainda assim,

o fato de saber disso
não

é desculpa
para o abuso.

– *falsas equivalências.*

não vou deixar que você me tranque em um quarto amarelo de onde eu não possa escapar. não vou deixar que você me force a ter um diário secreto escondido debaixo de um fino colchão. não vou deixar você dizer para todo mundo que eu sou apenas uma mulher histérica que se agarra a cada palavra que você diz & deforma as suas falas para convencer todo mundo a ficar junto a si. essa história não termina com o meu silêncio. essa história termina com o grito de cada vítima que já sentiu a boca ser tapada por alguém logo que a verdade começou a vir à tona.

– *vamos, recupere seu ódio.*

é
bom
estar
pronta
para quando
os belos
monstros
vierem
com unhas & dentes
para cima
de
você.

– *estamos juntas nessa.*

esse foi o
céu ensolarado.

esses foram os
melros cantando.

esses foram os
bancos da igreja vazios.

esse foi o
piano quebrado.

esse foi o som
do coro abafado.

essas foram as
rosas murchas.

esse foi o meu
pretinho básico.

esse foi o meu
rosto com lágrimas secas.

esse foi o meu
sorriso de batom vermelho.

essa foi a sua
elegia silenciosa.

esse foi o seu
caixão embrulhado com palavras.

&
foi assim...

assim que eu
consegui me recuperar.

– *quer você goste, quer não.*

"você pode conseguir o meu perdão,

mas nunca vai me ter de volta."

— *a princesa salva a si mesma neste livro*

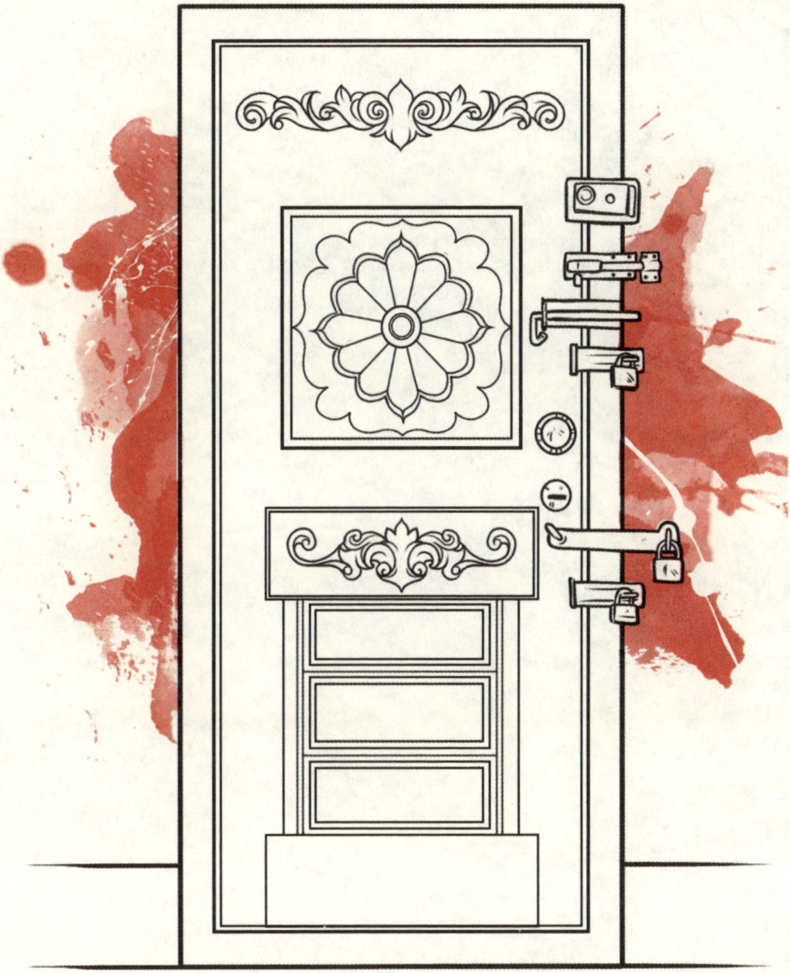

agradecimentos

em primeiro lugar, quero agradecer a *munise sertel*, artista talentosíssima que fez as ilustrações do meu livro. esta história não estaria completa sem os seus belos traços. desde o início, você captou as minhas ideias & me ajudou a chegar à melhor versão deste livro. até o fim dos meus dias serei grata a você por isso.

como sempre, quero agradecer ao meu marido, *cyrus parker*, que por acaso é o coração-solar da última parte desta história. obrigada por me convencer a resgatar o zine que estava na origem deste livro, mesmo quando eu mesma não achava que isso seria possível, ou melhor, SOBRETUDO porque eu não achava que seria possível. é você quem me incentiva a fazer quase tudo nesta vida. <3

este livro não teria visto a luz do dia sem *christine day*. na verdade, nenhum dos meus livros. nada do que escrevo é publicado sem que você leia antes. confio a você minha vida &, mais importante ainda, minhas palavras. não sei o que faria sem a sua orientação, querida guia literária & minha melhor amiga.

meus leitores-beta são extremamente importantes para melhorar o estilo dos meus livros. tenho uma profunda gratidão a todos os que me ajudaram a encontrar o caminho certo: *mira kennedy, trista mateer, sophia elaine hanson* & *alex andrina*. foi uma honra trabalhar com vocês neste livro monstruoso e inconstante.

aaron kent, obrigada por ter escrito o poema que inspirou o meu "nosso entendimento sem palavras" (na página 120). esta não foi a primeira vez que você me inspirou & provavelmente não será a última. (a primeira versão desse poema saiu primeiro no site de aaron, *entrevistas poéticas*. você pode acessá-lo para ler o poema e outras coisas mais: poeticinterviews.wordpress.com).

a *meu pai, minha madrasta & minhas irmãs*, obrigada pelo apoio irrestrito em relação à minha escrita. nada disso seria possível sem vocês ao meu lado. por favor, ouçam bem quando digo: obrigada. obrigada. obrigada. obrigada. obrigada. obrigada. obrigada. obrigada. obrigada.

um agradecimento especial a algumas pessoas cujo entusiasmo pelo meu trabalho me faz continuar produzindo: *danika stone, gretchen gomez, nikita grill, lang leav, caitlyn siehl, iain s. thomas, k. y. robinson, shauna sinyard, summer webb & olivia paez*. muito provavelmente eu me esqueci de várias pessoas; se você estiver lendo isto aqui, saiba quanto sou grata.

obrigada à *equipe de vendedores da livraria barnes & noble de holmdel, new jersey*, por tratarem meus livros como se eles fossem seus filhos. aliás, um obrigada gigantesco a toda a rede da livraria por tratar meu livro com tanto amor e delicadeza – na internet e fora dela.

à minha editora, *patty rice*, à minha assessora de imprensa, *holly stayton*. aos outros membros da *minha família editorial na andrews macmeel*.

obrigada por gostarem tanto do meu trabalho. obrigada por acreditarem em mim. acima de tudo, muitíssimo obrigada a todos vocês por nos darem, a mim e aos meus livros, uma casa onde sei que sempre estaremos sãos e salvos.

& finalmente... obrigada, *queridos leitores*, pelo tempo que dedicam a ler meus livros. pelas fotos, desenhos, poemas. pelos comentários, mensagens, e-mails. pelas cartas. simplesmente, muito obrigada. só de existirem, vocês já me enchem de alegria.

índice

a carta que nunca enviei 127
a carta que nunca enviei II 129
a carta que nunca enviei III 130
a diferença entre 28
a intuição é uma tática de sobrevivência 146
a menina aprendeu a amar impondo
    suas condições 124
a menina mais detestável do mundo 76
a verdade sem o desafio 34
acho que não quero nenhuma das duas opções 43
acho que, no fim das contas, eu era boa o bastante ..118
ainda não é o fim 140
algumas pessoas nunca valeram as suas palavras 145
ao contrário de você, ele nunca tentou
    ser o meu rei 114
aprenda comigo 144
atenta aos sinais 35
briga de cachorro grande 126
brincando de ser a preferida 83
chapeuzinho vermelho & o lobo mau 40
chapeuzinho vermelho & o lobo mau II 41
com você, não tem fingimento 38
começa nos momentos de maior ternura 64
como saber que tudo acabou 132
como saber que tudo acabou II 133
conversa fiada 138
dar a volta por cima 92

dentro do meu peito só existe um caixão 81
depois de nós dois 90
desiludida, porém romântica 108
dúvidas de verdade 116
& agora eu responderia a ela, "por todas
    as coisas" 25
& essas pessoas estarão erradas 115
& mesmo assim continua se sentindo
    cada vez mais pesado 75
é tarde demais para se arrepender,
    queridinho 14
eis a questão 72
eis a questão II 73
ela ainda merecia ouvir isso 56
elas não mereciam isso 134
elas sabem que ali é o seu verdadeiro lar 82
ele chutou meu coração de volta pra vida 136
ele não era só assustador, era um caçador 66
em relação a isso, nós concordamos 112
encontre um novo parceiro de crime 122
essa é a sua sepultura, sem nome algum 19
essa história pode ser muito batida,
    mas é a nossa história 31
esse menino vai ser o meu fim 39
estamos juntas nessa 149
eu mereço o melhor 104
eu não a perdoo e você também não deveria 78
"eu te amo"/"eu te odeio" 94
falsas equivalências 147

fechado para balanço 107
história de terror em duas frases 87
indecisão 98
infestação 46
invasão de privacidade 86
já você nunca se preocupou em não
   me deixar ver as suas mentiras 26
lua feita de mel 61
me faça de boba uma, duas, três vezes 50
menina-monstro 74
meu deus, será que um dia vou aprender? 47
meu medo/seu arrependimento 121
meu menino-monstro 42
meu novo amor chegou para ficar 110
meu pior defeito 22
minha porta escancarada 85
morta de fome 62
nada faz sentido, com ou sem você 84
não é? 58
não me queria mais 60
não serei absolvida 70
não perca seu tempo outra vez 125
ninguém exceto você 88
nós nunca moramos no mesmo céu 32
nós nunca moramos no mesmo céu II 33
nosso entendimento sem palavras 120
nunca soube que eu poderia velar um homem vivo 80
nunca tive um ouvido bom para música 45

o ciclo... 68

o começo 103

o convite 44

o coração-solar 106

o fim... 102

o que ainda resta em mim para você...................... 135

o sol? ela me disse que você merece o melhor........... 143

o tipo de coisa inevitável que não me assusta 109

obrigada..113

os mapas & os ex 139

para alguém que não acredita em destino,
   eu de fato escrevo demais sobre o assunto................ 48

para compensar o fato de eu não o ser 49

parece que você também nunca aprende................... 95

peixe morto 65

pelo menos o inverno abre caminho para
   a chegada da primavera.. 71

pernas bambas.. 30

prepare-se para o impacto 36

provado por A mais B.. 55

que se explodam os contos de fadas..................... 137

quer você goste, quer não..................................... 152

será que alguma vez eu já tive escolha?.................. 27

será que você é meu antídoto ou meu veneno?.......... 29

sessão de exorcismo... 96

vamos, recupere seu ódio 148

você levou de mim coisas que eu
   não sabia que você poderia levar........................... 93

você não poderia ao menos tentar disfarçar?............ 79

você sempre adorou sentir o gosto das
  próprias mentiras..54
você, você, você 142
vou atravessar os sete mares com ele nas costas.........119
vou levantar a polêmica, sim..141

Editora Planeta Brasil | 20 ANOS

Acreditamos nos livros

Este livro foi composto em Century Gothic, Bookman Old Style e Heliotype, e impresso pela Gráfica Santa Marta para a Editora Planeta do Brasil em julho de 2023.